দুর্বল লোকেরা কেবল অন্যদের গোলামী করার জন্যই জন্ম নেয়।

দুর্বলকে সবাই দাবিয়ে রাখে।
ব্যায়াম করে শক্তিশালী হয়ে ওঠো।

পরের দিন...!
জোজী! চলো, আজ ফিল্ম দেখে আসি।
আমি ব্যাম্বোর সাথে মুভী দেখতে যাচ্ছি।

স্যরি! আমার কাছে সময় নেই।

বেবী! এই আইসক্রীম স্টিক কি তোমাকে বিরক্ত করছে?
না, ব্যাম্বো!

চলো, ডিয়ার...
থিয়েটার যাওয়া যাক।

সর রা ট্‌ ট্‌ !!

আজকালকার মেয়েরা
বডি বিল্ডার ছেলেদের
পছন্দ করে!

আমাদের মত রোগা-পাতলা
ছেলেদের যোগ ব্যায়াম আর
মেডিটেশন করতে থাকা উচিত।

আমি সিক্স প্যাক বানাব... একমাত্র তাহলেই সবাই
আমার ইজ্জত করবে।
বিল্টু মনে-
মনে একবার
যেটা ঠিক
করে, সেটা
করে তবে
ছাড়ে।

গামা ওস্তাদ! আমি সিক্স প্যাক বানাতে চাই।
মেহনত করলে সিক্স প্যাক অবশ্যই হবে।

ড্রেস চেঞ্জ করে নাও।

আমি রেডী!

শাবাশ! শরীর থেকে যত বেশী ঘাম ঝরবে, তত ভালো।

আমার শ্বাস কষ্ট হচ্ছে।
কিন্তু আমি করে তবে ছাড়ব!

না থেমে 50 বার করো... মাংসপেশী মজবুত হবে।

তড়াক্ ক্!
আউ উ!

আউ উ!

এই প্লাস্টার টা মাস থাকবে।

সিক্স প্যাকের চক্করে তুমি আগের থেকে আরও বেশী দুর্বল না হয়ে পড়ো!

প্রাণ
চাচা চৌধুরী
আর
ক্রিস্পীর জাদু

WASHINGTON

চাচা চৌধুরী
আর
ক্রিস্পীর জাদু
AIRPORT
চাচাজী ! আমরা আজ এত সক্কাল-সক্কাল এয়ারপোর্টের দিকে কেন যাচ্ছি ?
এয়ারপোর্টের দিকে...!
কোন ভি.আই.পি. আসছে কি ?
AIRPORT
আমরা এখানে ওয়াশিংটন স্টেট, ইউ. এস.এ. থেকে আসা, এক অত্যন্ত বিশেষ ব্যক্তি ক্রিস্পীকে রিসীভ করতে এসেছি।

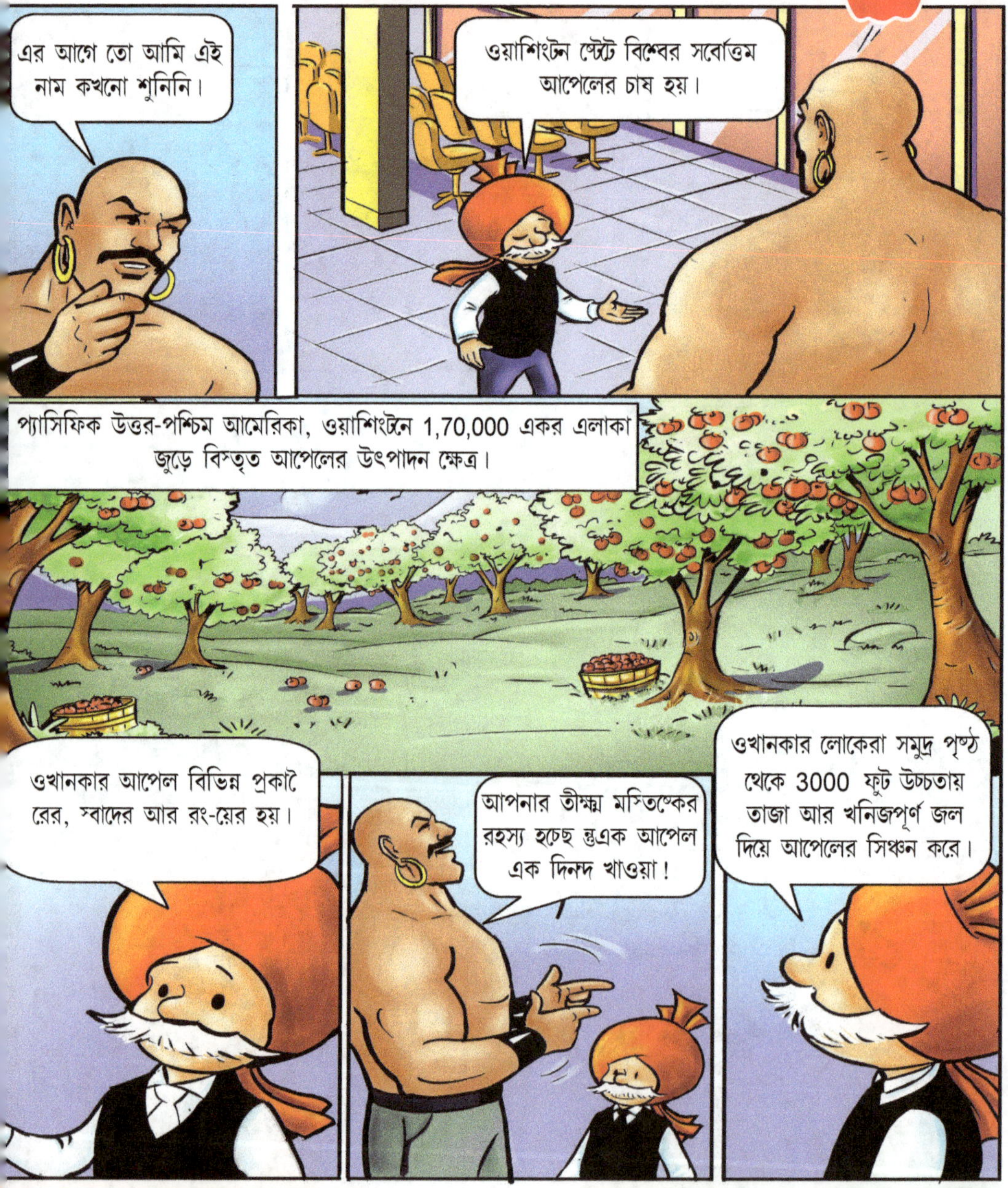

WASHINGTON

এর আগে তো আমি এই নাম কখনো শুনিনি।

ওয়াশিংটন স্টেট বিশ্বের সর্বোত্তম আপেলের চাষ হয়।

প্যাসিফিক উত্তর-পশ্চিম আমেরিকা, ওয়াশিংটনে ১,৭০,০০০ একর এলাকা জুড়ে বিস্তৃত আপেলের উৎপাদন ক্ষেত্র।

ওখানকার আপেল বিভিন্ন প্রকারের, স্বাদের আর রং-য়ের হয়।

আপনার তীক্ষ্ণ মস্তিষ্কের রহস্য হচ্ছে প্রত্যেক আপেল এক দিনে খাওয়া!

ওখানকার লোকেরা সমুদ্র পৃষ্ঠ থেকে ৩০০০ ফুট উচ্চতায় তাজা আর খনিজপূর্ণ জল দিয়ে আপেলের সিঞ্চন করে।

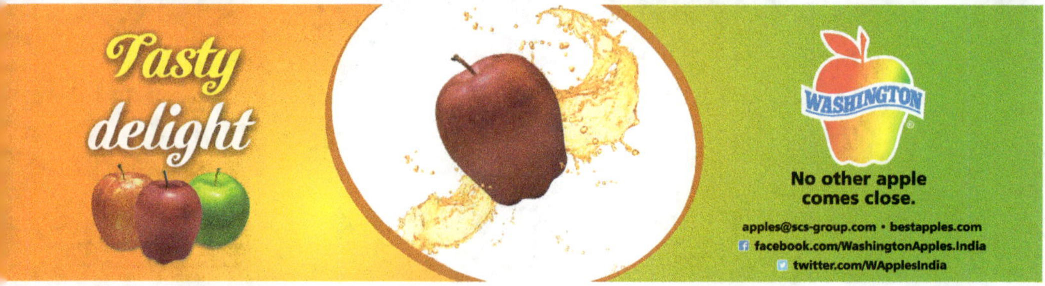

WASHINGTON

আমার ক্ষিধে পেয়েছে !

ঐ যে, আমাদের অতিথি ক্রিস্পী !

ভারতে তোমাকে স্বাগত জানাই !

Wholesome
health

WASHINGTON
No other apple
comes close.
apples@scs-group.com • bestapples.com
facebook.com/WashingtonApples.India
twitter.com/WApplesIndia

No other apple comes close.

Washington Apples are a delicious source of dietary fiber which helps aid digestion and promotes weight loss.

apples@scs-group.com • bestapples.com
facebook.com/WashingtonApples.India
twitter.com/WApplesIndia

WASHINGTON

হুবা... হুবা!
ধডা়ক ক্!
সর্রাট!

WASHINGTON
No other apple
comes close.
apples@scs-group.com • bestapples.com
facebook.com/WashingtonApples.India
twitter.com/WApplesIndia

Washington Apples
contain almost zero
fat and cholesterol!

ওহো হ!
ভডাক্‌ ক্‌!
ভডাক্‌ ক্‌!
আউ!
ওরা কোথায় চলে গেল ?
আমি একটা আপেল খাচ্ছি।
ক্রিস্পী ! ভারতে তোমাকে স্বাগত জানাই!
সোজা ওয়াশিংটন স্টেটের জেলে !

WASHINGTON
No other apple comes close.
pples@scs-group.com • bestapples.com
facebook.com/WashingtonApples.India
twitter.com/WApplesIndia

Washington
Apples

Wholesome health

Healthy eating doesn't get better than this.
Every bite of Washington apples is filled
with juicy goodness.
So go ahead, take another bite!

বিল্লু পেন্টার

ওস্তাদ ! এটা কার ফোটো ?
এটা আমার প্রপিতামহ রায় বাহাদুর শমশের সিং-য়ের ফোটো ।

আর এই ফোটোটা কার ?
আমার পিতামহ দিলের সিং-য়ের !

আর এই তিন নম্বর ফ্রেমে ইনি কে ?
আমার পিতা দবঙ্গ সিং !

তুমিও নিজের জন্য এমনই ফোটো বানাও।

রুস্তম-এ-হিন্দ বজরঙ্গীর দারুণ পোর্ট্রেট!

কোন ভালো পেন্টার খুঁজতে হবে।

বজরঙ্গী! ঐ ছুঁচো বিল্লু পেন্টিং বানায়।

ওকে দিয়ে আমি নিজের পেন্টিং বিনা পয়সায় বানিয়ে নেব

এ্যাই ছুঁচো, দাঁড়া।

এখান দিয়ে যেতে হলে ট্যাক্স দিতে হয়।

এখন তো আমার পকেট গড়ের মাঠ!
ট্যাক্স না দিলে তোকে আমার এক সুন্দর পোর্ট্রেট বানিয়ে দিতে হবে।

ক... কিন্তু... আমি তো...!

কোন কিন্তু নয়।

ঠিক আছে, তুমি যেমনটা বলবে।

আমার সাথে আর্ট স্টুডিয়ো চলো... সেখানে তোমার পোর্ট্রেট বানাব।
বাহ!

ভেতরে ঢুকে এসো !

একেবারে না নড়ে ঠিক এই এ্যাঙ্গেলে বসে থাকবে।

বিল্টু ! আমার মুখ-চোখ যেন ভালো দেখতে লাগে।
আমি নিজের পুরো ট্যালেন্ট লাগিয়ে দেব

আমার মোটা গোঁফের প্রতি বিশেষ দৃষ্টি দিও।

নিশ্চিন্ত থাকো... কিছুই বাদ যাবে না !

পোর্ট্রেট রেডী !

আমি আমার সুন্দর পোর্ট্রেট দেখার জন্য অস্হির হয়ে উঠেছি।

এ কী ?! আমি তো এমন দেখতে নই।

আমি রিয়েল নয়...
মডার্ন আর্ট বানাই।

আমার সুন্দর মুখ নষ্ট করার শাস্তি!

বিল্লু
হ্যাপী দেওয়ালী

বন্ধুরা! দেখো, 500 কালী পটকার চেইন্!
বাহ!
দারুণ!

এই চেইন্ পুরো য়ও মিনিট পর্যন্ত জ্বলতে থাকবে।
সত্যি?

এটা হচ্ছে আমার দেওয়ালী স্পেশাল লার্জ অ্যাটম বোম!
বাহ... বেশ বড়!

আমার বোমের আওয়াজে পৃথিবী কেঁপে উঠবে।
আমার কালী পটকার চেইন কামাল করে দেবে।

বিল্লু! তোমার আতশবাজী কোথায় ?

হো ! হো !! মনে হচ্ছে এই দেওয়ালীতে বিল্লুর পকেট ফাঁকা।

আমার আতশবাজী দেখে তোমরা চোখের পাতা ফেলতে ভুলে যাবে। এখুনি নিয়ে আসছি।

এই দেখো আমার হাওয়াই !

এত বড় রকেট ?!
এটা কি চাইনীজ ?
না, এটা মেক ইন ইণ্ডিয়া !

এবার তোমরা দেখো, আমার হাওয়াই আকাশ ছোঁবে।

বড়ত্তম ম!!

সরীঁট!
ওহো... কেউ থামাও এটাকে।

ও কোথায় গেল ?
আমেরিকায় !

বিল্লু ফ্যাশন শো

হাই, বিল্লু!
জোজী! তোমার সাথে কথা বললে আমার মন ভালো হয়ে ওঠে।
আমি এজন্য ফোন করেছিলাম, কারণ...!

হ্যাঁ-হ্যাঁ... আমি নিশ্চয়ই আসব।

সন্ধ্যায়... !

বিল্লু ! কোথায় চললে ?
জোজী ফ্যাশন শো-তে পার্টিসিপেট করছে।
ও আমাকে ইন্‌ভাইট করেছে।

গার্লফ্রেন্ডের জন্য এ প্যারিস যেতেও রাজী আছে।

আহা... র্যাম্পে জোজীর ক্যাটওয়াক দেখার মজাই আলাদা হবে!

কোথায় চললে, বন্ধু ? এটা তো ক্রিকেট প্র্যাক্টিশ করার সময়।
ক্রিকেটের থেকে ফ্যাশন শো অনেক বেশী গুরুত্বপূর্ণ।

এ্যাঁ ? ?

MissWORLD
আমি একেবারে ঠিক সময়ে এসে পৌঁছেছি। এন্ট্রি শুরু হয়ে গেছে।

হাততালি !
বাহ... প্রেটি লুক !

ওহো... আমার পা পিছলে গেল !
সর্রা ট !

ধ্‌ড়াক্‌ ক্‌ !
আউ উ !

এই শো মনে থাকবে।

বিল্লুর গিফ্ট

বিল্লু ! কোথায় ছিলে তুমি ? এক সপ্তাহ তোমার পাত্তা নেই। তোমার মোবাইলও নট রীচেবল যাচ্ছিল।
গন্দু ! আমি ফোরেন ট্যুরে গিয়েছিলাম।

বাহ... ফোরেন ট্যুর !

গুল ঝারছে... এ নিজের মামার কাছে রানীক্ষেত গিয়েছিল। ফোরেন ট্যুর ? !

আমি সত্যি কথা বলছি।
কোন দেশে গিয়েছিলে ?

আমার ফেসবুক ফ্রেন্ড পিটার আমাকে নরওয়ে ঘোরার জন্য ইনভাইট করেছিল।

ও নরওয়েতে ওসলো শহরে থাকে।
GARMENTS

ডাহা মিথ্যা !

আমি এক সপ্তাহ ওসলোতে ছিলাম
আচ্ছা ! এটা বলো যে, ওসলো শহর দেখতে কেমন ?

ওখানে উঁচু-উঁচু পাহাড় ছিল...!

বরফে ঢাকা পাহাড় আর সবুজ উপত্যকা !

মাঝে-মাঝে সেনা-ফলও হচ্ছিল। ওখানকার বাড়ী-ঘর, রাস্তা আর গাছ-পালা সব কিছু বরফে ঢাকা ছিল।

এমনটি তো ভারতের হিল স্টেশনেও দেখতে পাওয়া যেতে পারে। এমনটিও তো হতে পারে যে, তুমি

এই দেখো, আমার মোবাইল স্ট্যাটাস।
ওসলোতে আমি নিজের বন্ধু পিটারের সাথে।

ওখানে অনেকে প্যারা গ্লাইডিং-য়ের মজাও ওঠাচ্ছিল।

ওখানে আমরাও প্যারা গ্লাইডিং-য়ের মজা উঠিয়েছি।

উঁচু পর্বতের চূড়ায় জাতীয় পতাকা উড়িয়েছি।
ওসলো থেকে আমাদের জন্য কি গিফ্ট এনেছ ?

H & SONS
বলো !

লোকেরা যেখানেই ঘুরতে যায়... সেখান থেকেই বন্ধুদের জন্য কিছু- না-কিছু গিফ্ট অবশ্যই নিয়ে আসে।

আমি যখন জম্মু যাই, তোমার জন্য মেওয়া অবশ্যই নিয়ে আসি।
আর আমি কাকার কাছে আগ্রায় গেলে আগ্রার পেঠা সব বন্ধুদের জন্য নিয়ে আসি।
তুমি ওসলো থেকে আমাদের জন্য স্পেশাল কি নিয়ে এসেছ ?

ফেঁসে গেছি !

বন্ধুরা ! বরফে ঢাকা ওসলোতে আমি তোমাদের জন্য বিদেশী বরফ কিনেছিলাম।

ভারত আসতে-আসতে বরফ রাস্তায় গলে গেছে।

বিল্লু আর মৌমাছি

মা ! এক কাপ চা খাওয়াও !
বিল্লু... দুধ খাও !

আজ চা খেতে ইচ্ছে করছে।
দুধে ক্যালশিয়াম থাকে।

ঠিক আছে.. আমি চা বানিয়ে আনছি।

একটু পরে...!
এই নাও, আমার সোনা!

থ্যাঙ্কস্, মম্... ইউ আর গ্রেট!
অয়েলিং কোর না !

আমি স্নান করতে যাচ্ছি।

কেউ এলে দরজা খুলে দিও।

মা চায়ে চিনি দিতে ভুলে গেছে।

ধড়াম্ ম্!
!!
আউ উ!

ওহো... সেরেছে।

টি ন ন!
কেউ এসেছে।

আরে... সোনার বাড়ীতে এত মৌমাছি!?

দেশ জুড়ে স্বচ্ছ ভারত অভি যান চলছে... তবুও এই বাড়ীতে এতটুকু স্বচ্ছতা নেই।
চলো এখান থেকে

বাইরে খোলা হাওয়ায় যাওয়া যাক।

কার ভয়ে পালাচ্ছ ?
এই মৌমাছিদের ভয়ে।

মাথার ওপরে জোরে হাত ঘোরাও।

যাও... পালাও!
দেখলে, সব মৌমাছি পালাল।

ওরা আবার এসেছে।
পার্কে চলে যাও। ওখানে ওরা তোমাকে ছেড়ে ফুলের ওপরে গিয়ে বসবে।

তুমি ঠিক বলেছ।
ছোট!

যাক্ বাবা, মৌমাছিদের থেকে রক্ষা পাওয়া গেছে

আরে! এরা আবার এসে গেছে!
যতক্ষন পযর্ন্ত আমার ওপরে চিনি মিষ্টত্ব রয়েছে, এরা আমার পেছু ছাড়বে না।

লেকের জলে ডুব লাগাই... জলে চিনির মিষ্টত্ব গুলে যাবে।

ছপাক্ ক্!

আউ ড়... লেকের জলে ক্যাঁকড়া ছিল।

বিল্লু নেট-চ্যাটিং

বিল্লু ! কি করছ ?
গার্লফ্রেন্ডের সাথে নেট-চ্যাটিং করছি।

ইন্টারনেট আর ইলেকট্রিক বিল, কম্পিউটার মেন্টেনান্স

টাকা কি গাছে ফলে ?

আজকালকার যুবা প্রজন্ম টাকা-পয়সার ববাদি ছাড়া আর কিছুই করে না।

ওফ্-হো।

তুমি আমার ছেলেটার পেছনে কেন সর্বদা পড়ে থাকো?

নতুন প্রজন্ম চ্যাটিং করবে না, তো কি আমরা করব?
এর যদি নিজের বন্ধুদের সাথে আড্ডা মারার থাকে, তাহলে তাদের বাড়ি চলে যাক। তাদের সাথে মুখোমুখি বসে ঘটার-পর-ঘটা আড্ডা মারুক।

এর আড্ডা দেওয়ায় আমার কোন আপত্তি নেই।

কিন্তু আমি এই ফালতু খরচ বরদাস্ত করব না।

এখুনি কমপ্যুটার বন্ধ করে নিজের গার্লফ্রেন্ডের কাছে চলে যাও।

আপনি যেমনটা বলবেন।

ফুর র র!

আমি সেভিংস করে নিয়েছি।

সেভিংস নয়... ডবল খরচা করে দিয়েছ।

ওর গার্লফ্রেণ্ড বেঙ্গালুরুতে থাকে।

গাড়ীর পেট্রোলের খরচ এবার তুমিই ভরবে।

বিল্লু লেট-লতিফ

ওহো... সকাল হয়ে গেছে।
ট্রিন! ট্রিন!!
ট্রিন! ট্রিন!!

বাবা! আগে আমি স্নান করব।

আজ তো বাবু একেবারে রাজধানী এক্সপ্রেস হয়ে

হ্যাঁ! রোজ ওর ঘুম ভাঙাতে আমার গলা ভেঙে যায়।

ভগবানকে অশেষ ধন্যবাদ যে, আজ তেমনট হয়নি।
আমি তো এটা দেখে অবাক হয়ে উঠেছি যে, কুম্ভকর্ণ মহারাজ আজ পুরোপুরি চেঞ্জ হয়ে গেছে।

তুমি তো সর্বদা ওর দোষ বার করতে থাকো।

বিল্লু... ফাস্ট!

... আরও ফাস্ট!!
এবার আমার ছেলে শুধরেচ্ছে। ও এখন ভালো ছেলে হয়ে উঠছে।

শরীর থেকে ঘামের দুর্গন্ধ না এলে ড্রাইক্লীন বাথেও কাজ চলে যেত।

মা ! ব্রেকফাস্ট কি রেডী ?
এখুনি দিচ্ছি।

অবাক কাণ্ড। বাবু তো আজ সবেতেই ওভার স্পীডে চলেছে

এবার থেকে আমি সময়
মত ঘুম থেকে উঠব।

সব কাজ
সময় মত
করব।

আর ঠিক সময়ে
স্কুলও পৌঁছব।

যে সময়ের কদর
করে... সেই সফলতার
চূড়োয় পৌঁছয়।

বায়,
মম্মী-
পাপা !

আমি স্কুল বাস আসার আগেই পৌঁছে গেছি।

বিল্লু ! এসো, আমি তোমাকে স্কুলে ছেড়ে দেব।
না, দত্ত কাকু ! আমার স্কুল বাস এখুনি চলে আসবে।

আমি তোমার স্কুলের রাস্তা দিয়েই যাব।
তোমার সময় বাঁচবে।

কাকু ! এখান থেকে চলুন... এটা আমাদের স্কুলের শর্টকাট!
তুমি যেমনটা বলবে।

এখান থেকে স্কুল অর্ধেক সময়ে পৌঁছনো যাবে।

ঠিক বলেছ... সময় অত্যন্ত মূল্যবান হয়, সময় বাঁচানো উচিত।

গাড়ী ঘোরান...
সামনে মিছিল
আসছে।

কাকু! গাড়ী ব্যাক গীয়ারে আনুন...
আমরা অন্য রাস্তা দিয়ে যাব।

গাড়ী রিজার্ভে এসে গেছে। তুমি
বাসে চেপে স্কুলে চলে যাও।

ধ্যাত্ তেরে কী
DL।।।

বাস থামাও...
আমাকে স্কুলে
যেতে হবে।

বাসে প্রচণ্ড ভীড়... তুমি
ভেতরে ঢুকতে পারবে না।

আমাকে যে
করেই হোক,
স্কুলে পৌঁছতে
হবে।

ওফ্ ফ্!

এসে গেছ, লেট-লতিফ
মহারাজ!

তুমি আজ অর্ধেক দিন বেঞ্চে দাঁড়িয়ে থাকবে। তোমাকে দেখে অন্যরা শিক্ষা নেবে।
আজকের দেরীতে তো আমার কোন ভুল ছিল না।
বন্ধুরা... স্ট্যাচু অফ লিবার্টি হচ্ছে আমেরিকার গৌরব!
আর এই হচ্ছে স্ট্যাচু অফ লেট-লতিফী! আমাদের স্কুলের গৌরব!
হা! হা!!

www.ingramcontent.com/pod-product-compliance
Lightning Source LLC
LaVergne TN
LVHW022248190726
843495LV00006B/1115